尾張圖會

加藤耕子

東京四季出版

目次

緋文字

昭和五十八年

朴散つて天の高さのもどりけり

旅立ちへことばこまやか蕎の花

夏帽子生きる証のペンを擱く

麦秋や一つゆるびし貝釦

葭雀水の辺撓むひとところ
川波の背を胸を掃き新樹光
囀の訝触れあふ杜の樹々
かはほりやこおところことろ露路くるる

氷菓食ぶことばつんではくづしては

波切　七句

祭かな巌に黒潮満ち来り

一献の神酒つぐ縁夏羽織

海神へその真顔向け大向日葵

あらめ干す風が語り部海女親子

魚づくし船の名を持つ夏座敷

沖濤が浜木綿の耳研ぎに来る

波濤航くいろに合せて夏衣

父の忌近き掌合歓の花

長良川鵜飼　十句

しんかんと鵜籠を並べ昼の鳥屋

碧眼に泪みせたり真昼の鵜

鵜籠昇きひと大股に土手を来る

指一本ゆるめ結はへし細鵜縄

黄昏や鵜匠の冠る古烏帽子

火の帯を水にひもとき鵜松明

篝火を撓め荒鵜を逸らせる

ことさらに火に鵜使ひのその手許
鵜篝の百の緋文字をしたたらす
疲れ鵜の籠三つ四つ山の闇
明治村てふ一山の法師蟬

根を寄せて末広がりに婚のばら

木犀の闇へこの世の灯を点す

鎌倉　六句

霜月の青篁に吹かれをり

撓みてはささら波立つ竹の春

山茶花の一弁とんで土蔵の扉
秋冷の影江の電の木椅子にも
谷戸の日の背山にまはるお茶の花
黄落の真昼間透くる土の牢

伊吹嶺の風たたらふみ大根引

城門の閂鎖す冬隣

水鳥の胸を離るる夕日差

音に音蹤きつぐ杜の落葉径

大手門一隅の萩黄金なす

みぞれ過ぐ音の抜けゆく真夜の壺

はらからの墓へ十歩の枯葉かな

遠花火

昭和五十九年

成人の子の出づる道雪を掃く

当麻寺　四句

苞に観音のまなざし寒牡丹

人来れば人に傾き冬牡丹

能面や双塔冱つる楽の中

はるばると蓮曼荼羅に来て冷ゆる

繙きし世阿弥の一書返り花

鶇の親族《うから》の宴《うたげ》山の柿

弥撒果てて寒星額に近くなる

彼岸寺　七句

大寒の田の面を深く鯱走り

一禽の声過ぎしのみ余呉の雪

かぎろへる御足の下の供へ毬

春灯やまうしろ向きの御一体

春仄と御衣の襞を展べ給ふ

観音の四囲にはりつく湖の冷え

余呉の湖音を納めし大氷柱

雪吊りや目配りて繰る二の糸座

火襷の穂先失せたる寒の壺

寒灯やこころ絢ふごと琴の糸

大和淡山神社　八句

雪岳の鎌の霞める一会かな

法輪の風もみあへる青菜畑

彫り寂し仏の由来きき朧

しばらくは磨崖の水に落椿

発心の芽吹きとなりぬ塔の四囲

万蕾の天剝落の塔一基

そり美しき十三の塔春の雪
風の掃き寄せて弥生の石畳
青き踏む背骨一本たてとほし
芽柳の垂《しだ》れの呼吸をききとむる

足助　二句

梅老樹片影の日にたかしの碑

堂裏の風を囃して花堅子

小堤西池かきつばた　七句

早蕨の拳を解けば稚魚の群れ

渡りゆく雲の百態杜若沼

杜若むかしをとこのよかりける
水の香や花河骨を日が囲ふ
水の奏縞ふりほどく花菖蒲
湿原の先に声あり行々子

初蟬や鼈甲の日に沼ぬれて
一村の墓を囲める田を植うる
腰高の日を廻しては田植笠
花うばら土堤をななめに塩の道

山の日の溪へすべるよ幣辛夷

巌屛風苞まだ固き水芭蕉

南木曽　三句

幽明の境のはなし遠雪嶺

雉子泣く四山を籬木地の邑

梅雨濡れの柱に吊す檜笠

麦秋の真只中の比丘尼寺

水辷る黙示のひかり初燕

夏は来ぬゴッホの焔立つ杉木立

大方は嫁ぐ子のこと遠花火

声失せて蓴菜の沼ささ濁り

美しき節張り合へり夏の鴨

信楽の里　三句

八朔や積む薪匂ふ登り窯

信楽の壺のぞき居る大暑かな

杉の秀へ炎暑火入れの登り窯

緑蔭の奥処へ垂らす能衣裳

高山 二句

夏足袋を頭へ蹴上げ獅子の舞ふ

乗鞍・蓼科　六句

東雲の宝石箱を露の野に

岩桔梗眼攀づれば雲の塔

旅人を耳敧《そばだ》てて待つ花野

吹かれては山の日を梳き芒の穂

縷のごとく湯の香にそよぎをとこへし
水の香の夕べ張る月見草
一軸に思案巻き終へ夕木槿
さまよへば仏めく雲夕焼くる

瀬戸まつり　九句

窯神の山入り囃す笛涼し

松明や足音急かす虫の闇

染付に秋の七草青磁壺

稲の香や室町茶碗大ぶりに

雨溜めて捨積みの陶赤のまま

瀬戸川のいろにまぎれて秋の蝶

十薬の庇に乾ぶ蹴轆轤

膝にとる壺ややいびつ稲光

掌につつむ古黄瀬戸の釉九月尽

雲の帆をゆつくり渡す大花野

岐阜県徳山村　六句

徳山村分校の窓青胡桃

村沈む畦に棒立ち曼珠沙華

奏でてはむかしの翳を破れ簗

村役場出払つて居る遠ちちろ

秋桜父若き日の分教場

人が人呼び徳山の夜長かな

長女結婚

婚の燭焔をたつるとき薔薇真紅

小鳥来る宝物倉に黒き鍵

愛知県小原村久女句碑建立　二句

一村の紅葉明りに久女の碑

幣振れば揺るる山茶花句碑びらき

階に声の混み合ふ烏瓜

歌よみの山へ眉あぐ白障子

青鞍馬

昭和六十年

一本の筆を机上に初御空

何事もなく一月の深空かな

詩仙堂　三句

碧落や寒林抜ける鳥のこゑ

枝移り激しくなりぬ実千両

生き死を大事と尽れ木賊かな

水音の空にありけり梅真白

白梅や真青き空にひかり充つ

雲折々崖に日当る梅の花

寒凪の水一杓を楽茶碗

一行にこだはり過ぎし寒三日

寒雲の端かがやける小原かな

愛知県小原村　二句

久女忌の寒の土筆を摘みゐたり

大寺の寒の畳を思ひ居り

ことことと小豆煮つむる細雪

紅梅や絵馬一枚の願事

寒茜事の筋書き少し読め

底冷えて山よく見ゆる夕かな

菜の花や丘の向ふに湖見えて

きさらぎの耳朶やはらかく水鳴りて

肩の辺に初蝶を連れ少年来

伊良湖岬　六句

海坂は紺折畳む松の花

一湾の島々つなぐ花の天

梨の花光陰堰をあふれ出づ

暮れかぬるこの里は佳し杜国の碑

岬山にまどろみ残る春驟雨
まなざしを遠ちに鳥笛春の空
小鳥翔ち春の日輪鏡なす
春の闇堂へ折々山の風

紫雲英田へ子等の曳き入る光の輪

野火匂ふ日溜りにゐて五平餅

春の日を水に散らして黄鶺鴒

大き日を掲げて笑ふ山いくつ

おもかげ草二葉の開くとき濃ゆし

船溜り出払つてゐる花の昼

灯台の見えて坂照る花海桐《とべら》

春愁の仮面一日はづしたる

囀や徒然草にある余白

樹々めぐる風のまみどり癒え給へ

産土の灯はあのあたり梅雨の闇

桑名　四句

潮の香のさざなみだちにあけやすき

かはをその碑へ大楠の花こぼす

船津屋の上り框の五月闇

傘雨忌の歌行燈の水の照り

木曽川・義士堤　一句

義士堤風に総立つ松の芯

うつし世の紅をふふみし白牡丹

悼我妻洋先生　四句

眼前をこつと消えたる黒揚羽

ゆくひとへまこと一杓朱夏の水

人の訃や音なく湧ける泉の穂

炎昼のかなしみといふ空洞に
横顔を玻璃の写して揚花火
裏口に酢の香流るよ夏神楽
霧ごもる山裏の日が湖の面へ

あさがほや夜をはなるるそのあはひ

岐阜長良川　三句

ちちははへ鮎の川越す平かに

岐阜提灯吊せし水の行方かな

遠尾根や盆過ぎの雲散り易き

伊吹山　二句

人のこゑちりばむ風のお花畑

山の陽のところどころに蜻蛉の目

老鶯の譜を溪風へのせにけり

母が家の花栗の房さみどりに

鞍馬山　四句

丹の燈のま裏風あり蛇の衣

現世のはなしのかたへ沙羅の花

竜神や婆が膝折る草苺

緑蔭の風に少女等そよぐかに

貴船　二句

洛中へ水の過ぎゆく夕河鹿

若鮎の飴煮つめゐる小暗きに

秋の雲一刷き利根の大曲り

どんぐりの小草にまぎれ荘を閉づ

萩の花懸樋かそけき一ところ
源流のしぶく真向ひ実紫
稲刈りてよりの武蔵野雲親し
黄落の雨土の香に木の香

岐阜県多治見　三句

沢の音仙翁の朱を置き去りに

父母の墓を小さく雁渡る

茶器などを取揃へをり柚子青し

手轆轤の音をりをりに萩の雨

岐阜県恵那　二句

糸底に刻む一文字白桔梗

切り岸を瀬の音のぼる望の月

守一の絵の具乾らびぬ柿日和

終日を筵へかがみ豆を干す

三重県・伊賀　二句

翁忌の駅に小さく傘畳む

時雨忌の打つ音にぶき掛時計

綿虫や青く玻璃透く母の椅子

柚子たわわ膝の童画に日がこぼれ

琵琶湖　二句

鴨を見に来てのさみしさいづくより

叡山に雲たむろなす蕪蒸し

新日記開く机に日があふれ

黄落の水踏む鳩のくくみ声

南禅寺　三句

釜の湯のほどよき音いろ初時雨

湯豆腐や身の中いつか暮れそめし

冬の日の鶏の砂浴ぶ竹矢来

最澄の山空海の里烏瓜

一ト時雨過ぎたる山へ入りゆけり

吊し柿橋下の鯉屯なす

寂光院　四句

冬の虹御膝二重に折りたまふ

落葉時雨に切れ長の御目かな

馬酔木はや紅の穂かかぐ女人講

先達の振る五鈷鈴や冬の山

裸木となりたる空の深さかな

枯れつくし巌の面かくれなき

黄落や長押に古りし神楽面

光琳の風のうねりに金の萩

大黒の小槌の塵も師走かな

尾張圖會

昭和六十一年

初凪の光の窪に番ひ鳰

寒林となり八方に風の綺羅

大寒の天の明るさ身一つに

雪催ひ風籠りゐるぶなばやし

白梅に人待つ闇を重ねけり

尾張圖會繰りし春着の指ほのか

袖垣の縄目ゆるびぬ梅日和

愛知県小原村　三句

霜凪の草の香伝ひ碑のほとり

高空を風の声ゆく久女の忌
日の低き畦に傾ぎて冬菜籠
きさらぎの水音背山の裾に添ふ
銀扇や二月の水面ひろやかに

ひらき見る手になにもなき余寒かな

梅林へ秘めし言の葉置きて来し

星々の俄に近し修二会果て

婚約の肘あづく窓桜草

嘴先に春の水輪を重ね合ふ

「耕の会」発足　三句

叡山を背に春耕の人となる

花ひとひらひとひらと舞ふ一の笛

礫像の闇新緑の香を放つ

蝉鳴いてこの世をことにはるかにす

大須観音水琴窟　一句

夏蝶やくわんのんの楽壺中より

花火師の背負ひ来る闇無傷なる

遠山の裾の紺曳く秋桜

土の縞水しぼりつつ刈田原

松山子規記念館　四句

かむなぎのこゑ潮騒に子規館

折れ易き柚子の日脚よ子規の像

詩語俗語英語日本語初時雨

碑へ道おのづから木の実独楽

三昧といひ掌中の筒茶碗

愛知県明治村　一句

呉服座の木戸屈み入る紅葉晴

へうへうと尺八寸に月を待つ

月光へ笛よこたへる膝頭

吹き了へて尚しばらくは月の客

十六夜の地の香を放つ大欅

江戸川公園芭蕉庵

木犀の金の香濡らす庵庇

冬扇

昭和六十二年

阿波にんぎやう　十句

雪霏々とお七緋鹿の子曼陀羅図

凍つる夜の櫓に垂らす女帯

鐘冴ゆる櫓梯子のみだれ髪

肩細くにんぎやう震ふ雪の中

にんぎやうの紅眉ふつと雪に伏す

浄瑠璃のこゑ冬泉に張りのぼる

六花積む深井の竹のまあたらし

冬扇や黒子てふ見て見ざるもの

雪兎女身の冥さなぞとかぬ

木偶宿の踏み減る框寒の木瓜

阿波早春　十句

瑠璃浪へ四温の山を横たへし

琅玕の潮あびては巌冴ゆる

一湾に水尾のしろがね春きざす
野水仙崖はやかに光採む
うたよみの碑めぐる霜のころ
蔵明かり阿波三盆の雪の華

山に入る遍路しるべや返り花

梅一分日矢坩堝なす藍の桶

寒満月眉山の竹にそよぎなし

寒林に月光の皎吹きこぼす

角組みし葦辺の水の目ざめかな

ついついと影うすらひの石叩

黒川巳喜氏邸　二句

野牛石据うる庵主の懐手

存念のひとや黒履く寒畳

久女忌の女の性を云々す

蓬莱へ渡し七里や春霰

三月やくれなゐ透ける幹の膚

点景に塔を泛べて春入日

ひとすぢの藁ゑんどうの幼さへ

梅東風の枝越し変る雲の容

畦草に日差あまねしくづれ藁《に》塚《ほ》

春嶺へ雲のひとひら耳すます

白雲や水輪しづかに春の鳰
あけぼのの霞をちこち尾張圖會

尾張圖會・栞

塚本邦雄
佐藤和夫
児玉実用
東　明雅

加藤耕子句集『尾張圖會』解題

春耕の人

塚本邦雄

朴散つて天の高さのもどりけり
旅立ちへことばこまやか黐の花
麥秋や一つゆるびし貝釦

句集『尾張圖會』冒頭句群中に見るこの三句は、作者の感性と教養、延いては彼女自身の美學を鮮やかに反映してゐる。芭蕉以來三世紀、連歌の發生以後九世紀、そのおろそかならぬ時間の末に咲く言葉の花ゆゑに、おのづから隠顯する傳統のきらめきと香りが、すべての傑れた作品には必ずある。あらねばならぬ。

朴の句座五の「もどりけり」とはあの雄大素樸な花の空間占據による、恍惚たる喪失が、散華によつて回復されたことを示すのは論を待つまいが、それよりも肝腎なことは、その花の天に輝く間は、美に心を奪はれて、その奥に、蒼穹のあることすら忘れ果ててゐた、作者の執心を、言外においてゐるのだ。

そのかみ、王朝人が、「絶えてさくらのなかりせば」と歎いたことを思ひ返すなら、「もどりけり」の詠歎もおのづから頷き得よう。やつと戻つて夏空が爽やかに眼前にひろがりつつある。だが、作者の瞼の裏には、今も純白のおほらかな匙狀花瓣が、清香と共に蘇る。

白木蓮でも辛夷でもなく、大山蓮華でも大盞木でもなく、朴であつたことに心をとめたい。この句の源には、おもふに、茅舍の「朴散華卽ちしれぬ行方かな」、朱鳥の「火を投げし如くに雲や朴の花」等、既に現代古典に屬する句群があらう。その本歌を、たとへば、「朴咲いて蒼天高さうしなへり」とでも胸中で吟じ、しかるのち掲出句の「高さもどりけり」に轉生したと見てもよからう。秀句は、突然生れるものではない。

同じやうに「蘩の花」の句にも、その背後にくつきりと波郷『雨覆』の「細雪妻に言葉を待たれをり」が顯つて來る。けだし、蘩の綴る微粒の花々は、春に降る淡黄緑のささめゆきであつた。作者は誰から誰にとことわつてゐない。それだけ句はひろがりを持ち、この餞別の言葉のこまやかさは、切ないほどのうるほひを帯びる。本歌取り、まさに廣義の本歌取りの一種と考へるなら、作者はその要諦を不知不識に會得し、本歌の相聞《さうもん》を雜《ざふ》に轉じ、冬を春に變へて、ここに獨特の情景を創つた。
私はここで、作者の第一句集『稜線』中の幾つかの佳品を思ひ浮べる。昭和五十八年九月刊、五十五年以降の成果のこの集の名は、名古屋の町名「岳見町」にちなみつつ、伊吹・御嶽・中央アルプスの嶺々をつなぐ稜線を際立ててゐた。このたびの『尾張圖會』を併せて、いよいよ、名古屋人と人には思はれよう。京都生れであることを忘れ去つたかに見えながら、作者の琴線に觸れるのは、王朝以來のあえかな都風《みやこぶり》ではなかつたか。東山には清閑寺歌の中山町がある。あの名を胸中の燈として持ちつづけるのが、京生れの詩歌人であつた。一方の極には比叡山が天を支へてゐた。

身の中を潮が引きゆく秋の暮

枯萩を刈りて濃くなる風のいろ
琴立ててうすむらさきに風の秋

これらは巻中、なかんづく私の愛する作である。「琴立てて」には「祝八雲琴出版」の詞書が添へられてゐるが、一句のみで充分自立する、「風のいろ」と共に、これまた、遙かな本歌を想定し得る。

秋吹くはいかなる色の風なれば身にしむばかりあはれなるらむ
『詞花集』和泉式部
白妙の袖のわかれに露落ちて身にしむ色の秋風ぞ吹く
『新古今集』藤原定家

青春・朱夏・玄冬ゆゑに、秋は白秋、風の色も白とは決りきつたことながら、それを「いかなる色」と言つた和泉の向うを張つて、加藤耕子夫人は「むらさきに風の秋」と宣言した。紫のゆかりはもとより琴、琴は桐材を必須とし、その花の紫は言外ににじむ。

人來れば人に傾き冬牡丹　「遠花火」
杜若むかしをとこのよかりける
縷のごとく湯の香にそよぎをとこへし
海坂は紺折り疊む松の花　「青鞍馬」
囀や徒然草にある餘白
湯豆腐や身のうちいつか暮れそめし
寒林となり八方に風の綺羅　「尾張圖會」

冬扇や黒子てふ見て見ざるもの　「冬扇」

梅一分日矢坩堝なす藍の桶

その技法は抑揚緩急、時を得、所を識り、間然するところがない。おほまかで一種放膽の味さへ有ちながら、ひやりとするくらゐ急所を外さず、曰く言ひがたい呼吸が、一句の中にひそんでゐる。意圖の有無は別として、たとへば「冬牡丹」には「牡」の男が動因をなす。この花の用字は、漢名そのものに、その繁殖、雌雄の蘂の交配を要せず、株によつて殖えることの暗示があつた。

この句の「人に傾き」は勿論性を超えて、うつしみの世の人への普遍的な思ひ入れであるが、その底の底に、かすかに「をみなわれに傾き」の氣配を感じとるのも自由であらう。ちなみに「丹」は花

の色）
伊勢物語、池鯉鮒《ちりふ》の里八橋の「杜若」の「をとこ」も、なかなかの趣である。古今集には業平作として撰入されてゐるこの、昔男の歌のかずかずも、序文で貫之の酷評に逅ふやうなものでは、絶對にない。萬葉末期から古今集時代以前の、和歌の暗黒時代に、あのみづみづしく典雅な調べを傳へた天才、「むかしをとこのよかりける」の稱讚に充分に耐へる。この歌、讀みやうによつては、今日の男らはいさ知らず。往昔、男はつねに雄々しく、善哉！　と言ふに足る人物がゐたとの意にもなる。
いでゆの邊に靡く「をとこへし」、男郎花の白も湯氣にうるほひ、「縷のごとく」の有様といふ。その男郎花ゆゑの趣が、まことにあはれで好ましい。女郎花の黄では到底、この荒寥は生れまい。第一、剪つて三日經てば悪臭鼻を衝く女郎花では、湯の香も何も有つたものではなく、さしづめ硫黄泉で、その臭氣を競ふことになるだらう。男《をとこ》と女《をみな》の差かくのごとし。

「松の花」における中七「紺折り疊む」の的確無比の修辭は、息を呑ませる。「囀」の句の徒然草、それも「餘白」とは面白い。それは二百四十三段、各段に生れる餘白、斷續の斷でもあり、當然、最終段で「又、『空よりも降《ふ》りけん、土よりや涌きけん』といひて笑ふ。『問ひつめられてえ答へずなり侍りつ』と諸人に語りて興じき」と、物語を終つて後、慶長十八年八月十五日、中納言光廣が奥書を添へる間の、その空白《ブランク》でもあらう。二百四十三段の有爲轉變の諸話、ことごとく彼方に霞み、今念頭にあるのは、宙にさざめく百千鳥の聲と、作者は觀じたのだ。この洒脱とも言ふべき轉調を、私は喜ぶ。

湯豆腐は、作者ならそのかみの日の南禪寺も思出のよすがであらう。まだまだ、「いのちの果ての薄明り」を歎ずる齢ではない。やつと一隅に翳りが見えそめたのであらう。「寒林」の「綺羅」も、さりげなく意表を衝いて快い。黄葉紅葉、さらには青葉若葉の候には、つひにきらめくこともなかつた樹林が、枯木林になつて、かへつて華やぎそめるかなしみと榮《は》え、夏爐ならぬ冬扇の有つ無用の用と黑衣の人の見えざるを至上とするさだめ、光箭に攪拌される藍染用の桶の暗黑、いづれも、しかと見定めて、あやまたず發する修辭の冴えは、核心を傳へて餘すところがない。達意の句と言ふべきか。

詩語俗語英語日本語初時雨　「尾張圖會」
叡山を背に春耕の人となる

俳句の國際化を圖るといふ、雄大な希求を内包して、加藤耕子夫人の主宰する俳句誌「耕」は、昭和六十一年に創刊された。古今の名句を英譯紹介するのみではなく、現代俳句を英語で作らうとする試みであり、かつまた外國の英語短詩「ハイク」を、邦譯の「俳句」に創出するといふ、融通性、圓滑性に富んだ営爲である。そのうへこの「耕」は同時に、巻頭から巻末まで英文の〈Kō〉を發行するといふ入念なダブル・システムを採つてゐる。單なるたのしみや、思ひつきの啓蒙精神では、決してできることではなからう。

〈Haiku homage to Wordsworth〉:
From the topmost bough
one last persimmon hanging—
"lonely as a cloud…"

James Kirkup

〈ワーズワース讃〉
木守柿雲のこころとなりゐたり

ジェイムズ・カーカップ
加藤耕子譯

Church bells at seven—
the first rays of sun
on blue morning glories

Elizabeth Lamb

鐘七時紺朝顔に日の及ぶ

加藤耕子譯

エリザベス・ラム

The shell at my ear;
broken and untenanted,
full of the seas.

L.A.Davidson

破れ貝へ耳をあつれば海の聲

加藤耕子譯

エル・エイ・デイヴィッドソン

これらいづれも、加藤耕子譯の秀句群からの抜粋であるが、「木守柿」の芭蕉の面影づけ、「朝顔」に匂ふあのブラウニング「ピッパ・パッセス」の爽やかな酩酊感、さては「海の聲」に明らかなコクトーの「貝殼《コキーユ》」の本歌取り、原詩作者と譯者の以心傳心、交靈交感なくては、かうまで見事に呼應しあへるものではない。

由來、外國語に堪能の士は詩歌、殊に韻文定型詩人としての言語感覺いまだしく、逆に和歌・俳諧作者には、外國語に精通する人寥々といふ狀態であつた。たまたま惠まれてゐても、このやうな冒險に等しい試行に挑戰はしなかつた。加藤夫人はその點、鷗外・敏・大學の衣鉢を斷ぐ有爲の俳人と言へようか。

私も手許に、イーヴ・ボンヌフォワの序と解說を附した佛譯俳句集一九七八年版を置いて、時折愛誦してゐる。愛好者はかなりの數に上ると聞く。さもあらう。

Le viel étang
　　une grenouille y saute pfloc!
le bruit de l'eau
　　　　　　　　　　　　　　Bachô

古池や蛙飛びこむ水の音　　　　芭蕉

フランス語となると男・女性の別で形容詞まで變へる修辭の規則が、更に微妙な照り翳りを與へることになり、譯者の腕の見せどころは、日佛・佛日の兩面に現れる。英語はその文法の比較的簡潔な面で、俳句との照應がより自然ともならう。だが、容易なことではない。

原詩と譯詩とは、根本的に全く別のものであつて、かのヴェルレーヌの「秋の歌」にしろ **Il pleure dans mon cœur** に響き合ふ **Comme il pleut sur la ville** は「都に雨の降るごとく／わが心にも涙ふる」と、鈴木信太郎の名譯を借りても、つひに原詩のもつ、「雨降る・泣く」の、酷似した動詞の、懸詞的妙味は決して傳はらず、原詩の面影をかなり忠實に寫した、別の日本語の詩以外の何物でもあるまい。

この邊の機微は、門外漢の私が敢へて喋々せずとも、耕子夫人が百も承知の上での、英斷とも言ふべき試行研鑽であらう。そして、英文「耕」に集ふ作品も、俳諧・俳句の詞華の英譯も、ただの短詩ではなく、究極は、五・七・五の十七音に、意識して近づけようとする、ほとんど健氣とも言へる工夫がなされてゐることに、私は滿腔の期待を寄せる。發音上の拍が根本的に異なる和・英兩語を、どのあたりで和合せしめるか、これは永遠の課題となるだらう。私は時として、この外國語譯は、むしろ起承轉結の構成を有ち、脚韻によつて調へられる漢詩の方が、より容易であらうと想像することもある。

純粋の、現代俳句の花を求める、ひたむきな精進と、これを英語で示現しようとする熱意、この二つが妙なるアンサンブルを保つ時、加藤夫人は、世にも恵まれた詩歌人となるだらう。羨望おくあたはぬ二つの才に、詩神の祝福を願ふことにしよう。

英文俳句雑誌Kōについて

佐藤和夫

加藤耕子さんは、俳誌「耕」を主宰しているが、同時に年二回、英文俳句雑誌「Kō」も出版している。すでにその第一号が出て、アメリカやカナダで好評を博した。

その理由は、この雑誌が現代俳句を数多く翻訳、紹介しているからである。

外国人による日本の俳句の翻訳は、古典俳句および子規、山頭火、放哉などの俳句にかたより、現代の秀句はまだわずかしか翻訳されていない。

昨年、十月二十五、六日に松山市の子規記念博物館で「俳句の国際化と松山」と題する講演会が行われたが、その席上、ドナルド・キーン氏は、次のように述べた。

「外国人が一番知りたい、あるいは読みたいのは、芭蕉や蕪村の俳句でなく、むしろ現代の俳句ではないかと思います。つまり同時代の日本人は、どんな俳句を書いているかということに興味をもち、それから影響を受けたいと思っております」（子規記念博物館発行『俳句の国際化と松山』）

英文俳句雑誌「Kō」は、このような要望にこたえる唯一の雑誌といってよいであろう。この種の雑誌を出すことは、労多くして、報われること少ないものであるが、意義のある仕事なので、ぜひつづけてもらいたいと思う。

しかし、現代俳句を翻訳し、紹介するには、たんに外国語が堪能であればよい、というだけでは十分でない。みずから俳句の実作者として、日々精進することによって、一層よい翻訳ができるはずである。

今回、加藤耕子さんの第二句集『尾張圖會』が上梓されたことは、その意味で意義のあることだと思う。俳人は句集を出すことによって、みずからの句境を深めるといわれているからである。

こと こと と 小豆煮つむる細雪
囀 や 徒 然 草 に あ る 余 白
吹き了へて尚しばらくは月の客

このような俳句の実作者が、現代の秀句をみずからの眼でえらび出し、翻訳することは、海外のＨＡＩＫＵ詩人に裨益すること大であると信ずる。

和魂洋才女史耕子さん

児玉実用

女流俳人加藤耕子女史のキビシサには驚いた。俳句には殆ど門外漢に等しいボクに、ある時耕子さんの句集の草稿ともいうべきものが送られてきて、見せて貰うことになった。その中の数句には明らかに修正の跡が見えていた。見ているところへ矢継早やに速達便がきた。それは修正の数句へのまた再修正の通知であった。そして短く「もう絶対に変えません。おさわがせします」と書いてあった。日夜苦吟の結果だったのであろう。そして漸く一応の定着（おさまり）を得たので、（そんな訂正なら普通便でも十分だのに）早速速達便で来た。でなければパチリと心のしまりがつかなかったのであろう。いかにも厳しい芸術家的良心の行為である。

　即座にボクは遠い昔の画家を思い出した。彼は泉州堺は大安寺の襖に見事な絵を描いて東国に旅立った。その道中、ある山の中で枝ぶりの良い姿の木を見てハッと心をうたれ、どうも一部不安定な不如意さのまま残してきた作品がそのままでは許されず、遠路を態々大安寺に引き返して、襖絵の杉の木に、ハッと心を打たれた姿よろしい一と枝を補足して、漸くおさまりの感じを得て、満足して立ち去った。芸術家の良心まことにここにありである。

すべて芸術はそうしたもの。殊に言葉の芸術にあっては、一語一句、一点一画もゆるがせにできないキビシサがある。そのために作者はどこまでも苦しむ。時には一年でも何年でも。そして一応の完成を見る。グスタフ・クリムトが一点の完成画のために百点あるいはそれ以上のデッサンに余念がなかったのも、そのような芸術心からである。耕子さんのキビシサもこれらと軌を一にしているものと驚き感服したのである。

耕子さんは同志社大学で英文学を専攻した。卒業後の消息や俳句の世界に入った経緯などについては全く知らなかった。知ったのは昨夏久方ぶりの邂逅とその後句誌「耕」創刊の時からである。次第に知るに及んで、耕子さんはすでに昭和四十年代から俳句を作っている斯道のヴェテランであることがわかって今更ながら不明を恥じた次第。そして昭和六十一年に独立句誌「耕」を創刊、現在も精力的に続刊しつつある。

耕子さんの異色な点は、みずからの句作ばかりでなく、日本語の俳句を英訳したり、外国人の俳句的短詩を日本語の俳句に巧みに翻訳して俳句の国際性の推進にも大いに尽力し、貢献したりして来ている点である。

日本語の俳句を英訳したり、英語の俳句的短詩を日本語の俳句に、という作業はなみ大ていのことではない。下手をすると魂も味も抜けた単なる職業的結果に終わる。耕子さんのように俳魂と英語力とを兼ね備えた才女にしてはじめて可能なこと。感歎に堪えない。さればこそ「俳句四季」誌今年（一九八七）四月号で、そんな作業の価値と効用について書いていている耕子さんの「海外俳句・俳句——心の共通語」論は卓見である。

文学作品の翻訳は、厳密な意味で、ボクは不可能論者である。だが矛盾するようだが、必要論者でもある。それに関する議論はここでは省く。日本文学、殊に詩歌は、やはり日本語で書かれねば、日本語が持つ微妙な風味は到底外国語に移せるものではない、と信じている。外国文学の日本語訳もまた同じ。けれども地球上の人類的次元から、また短詩型芸術という次元からならば、外国語で書いたり、翻訳したりすることは、それを容認する者である。その意味で耕子さんの「耕」の最近号「Kō」は意義深い仕事だと賞賛する。

かつて日本の俳句は、たとえばエズラ・パウンドによって、それがイメジの連結だけにより、奥深く隠された詩心をもよく伝え得る文学であるという視点から大いに高く評價され、イマジズム運動の源泉となり、広く国際的影響力を持つに至った。今日では短詩型文学の一つのジャンルとしてアメリカやヨーロッパで国を超えて共通する人間性交感の芸術となり、新しい生命と意義を持とうとしつつある。ただ日本の俳句には季題や切れ字の約束が厳然と存在し、日本人的美意識が支柱となっている。ところが日本と異なる風土と民族と言語と語韻の国国にあってはどうか、など多くの課題がある。とはいえ、諸外国が異様といっていい程日本の俳句への関心を高めつつある現代、日本的作句とその英訳、異国人の俳句的短詩とその日本訳、そう言った両面に、あくなき情熱に燃える耕子さんの今日の使命は大きく、仕事の価値は高い。

その耕子さんが、このたび新しく句集を世に問う、という。この程その草稿ともいうべきものを見せて貰った。流石に日本の正統な俳風をしっかと踏まえながら、開かれた世界性をゆるがせにせず、しかもどこまでも気負いを抑えた、真摯と情熱の横溢した、和魂洋才一ぱいの秀句に満ちているのに痛く感銘を覚え、そこに展開されるいかにも現代俳句芸術のあり方に目を開かれた。あえて広く江湖のご鑑賞をお奨めしたい。

耕子さんの連句

東　明雅

加藤さんが連句の勉強に、東京に見えるようになってから、かれこれ八、九ヵ月経った。朝、新幹線に飛び乗って、関口の芭蕉庵にかけつけ、一座が満尾すると、すぐまた、とんぼ帰りで名古屋に帰って行かれる。その熱意と行動力、体力と若さには、つくづく感心させられる。とに角、名古屋の女性はえらいものだというのが偽らざる実感である。

だから、関口で一座された歌仙の数も幾つか溜っているが、その中、私がすばらしいと思って選んだのが次の二つの歌仙、昨年の十月の「木犀の巻」と、今年一月の「一月の床の巻」である。作品は後に掲出してあるから参照しながら、お読みいただきたい。

「木犀の巻」の発句は、芭蕉庵嘱目の句である。遠来の客に発句を所望するのは俳諧一座の慣わしであるが、それを即座に果たされた耕子さんの腕は確かである。これは今年の一月「一月の床の巻」についても同じことが言える。木犀の発句に同じく静岡県に住んでおられる由川慶子さんの脇句が付き第三の正江さんの人情の句が付き、四句目は蓼艸さん好みの新しい軽い句、あかりさんの珍しい句に、哲さんの変化のある句が付いてこの表六句は典雅な中に軽みがあり、表六句のお手本のような作品だった。それから耕子さんの句を探すと、裏の花前に「煙草の火種お巡りに借り」という軽くふざけた珍しい句が出て、この句の力によって蓼艸さんの「花冷えの水族館に鱏沈む」という新しい花の句が生まれた。佳い句が出るとそれに触発されて佳い句が生まれるものである。次にすばらしいのは、名残の表の正江さんの恋の句「少年にいろは教へる昼夜帯」に付けた、耕子さんの「片手にほどく黒髪の丈」で、これは付心・付味ともにいよいよ堂に入ったことを示すものである。

「一月の床の巻」にも傑作があった。これは耕子さんの句ではないが、裏の三句目に「湯治客ギャル押しよせて黙りこみ」という二村文人さん（彼は中学時代、耕子さんの教え子であった）の句が出て、皆が付けあぐねていた時、原田千町さんの「青大将の梁をゆっくり」という句が出て、一同あっと息を呑んだものだ。そのあと、「デジタル時計がせかす世の中」という柴田竹代さんの句が出た。竹代さんも毎月愛知県豊田市から関口に通っている熱心な方である。それに同じ竹代さんの「索にかけ不動明王助けたべ」という句が付いたのに、耕子さんは「まはし飲みして楽のお茶碗」とさらりと軽い遁句を出した。前の二句が深刻な句であっただけに、この軽いいなしの句は利いている。一年足らずで、これだけの句を作る腕を会得された。もし、二年、三年と続けられたら、彼女の悲願、名古屋俳諧の復興も夢ではなくなるだろう。今後一層の精進を期待する次第である。

歌仙　木犀　明雅捌

木犀の金の香りよ芭蕉庵　耕子
遠来の地の秋はこぶ風　慶子

ウ

能面の彫り屑払ふ月ならん　正江
　口笛吹きつ軽い自転車　蓼艸
斑猫の行く手ふさぎつ遊ぶ子ら　あかり
　新開地駅青みどろなす　哲
宿六の為に買ひ置く般若湯　明雅
　色半襟を粋に着こなし　淳子
牡丹刷毛湯上りの身のほてりつつ　千恵子
　サービス料はエクスペンシブ　亀
隣国へ首相自ら二枚舌　K
　鍋に投げこむ荒切りの葱　艸
野良犬のさまよふ街の月冴ゆる　淳
　メッカに向きてひざまづく民　江

壺振りの道一筋に五十年　K

煙草の火種お巡りに借り　耕

花冷えの水族館に鱏沈む　艸

素振りのバット陽炎の中　亀

ナオ

メーデーにお猿を背の親子づれ　哲

天井牛丼五目焼そば　あかり

勤務中晩のお菜を思案して　千恵

内緒話は筒抜けの壁　江

少年にいろは教へる昼夜帯　同

片手にほどく黒髪の丈　耕

柿落葉天龍流れゆつくりと　慶

「労咳病棟」死語となりたる　江

新人類高級車乗り直木賞　千恵
ダボダボ服をCDと呼ぶ　哲
月明のマネキン人形瞬かず　艸
虫時雨濃し父と母の忌　江
ナウ
寂鮎の水に遊行の杖見えて　耕
庖丁研ぎの砥石片減り　あかり
大店の暖簾を濡らす小糠雨　同
つくしと共に亀が首出す　亀
オカリナを吹いて楽しや花の昼　雅
ラインの古城帰る白鳥　K

昭和六十一年十月五日　於関口芭蕉庵

一月の床　明　雅　捌

一月の床小面の真新し　耕　子

　めでたく舞ひし翁千歳　哲

凍《いて》ゆるむ膝に思はず泥つけて　文　人

　畦焼の背まるくほつかり　正　江

桂男のおぼろに見ゆる屋根の上　千　町

　ショベルカーよりのそり黒猫　竹　代

「飛《ひ》良《ら》泉《いづみ》」空きたる腹にしみわたる　明　雅

　聞くたんびごと違ふ身の上　町

湯治客ギャル押しよせて黙りこみ　人

　青大将の梁をゆつくり　町

夏至の月つたのほそみち抜け出て　江
思ひも寄らず逢ひし戦友　哲
紅型《びんがた》の古典守りて老の果　江
デジタル時計がせかす世の中　代
索にかけ不動明王助けたべ　同
まはし飲みして楽のお茶碗　耕
人影の重なりてすぐ花篝　同
扇干す里伯母を訪ぬる　江

ナオ

古衣解く時きしる菜種梅雨　町
机に積まれ天金の辞書　耕
壁いつぱいうちのピカソに描かれたり　町
頭脳を病んでひた翔ける我　江

縮緬の色鉢巻は濃紫　哲
　恋女房に刺青の痕　同
雌鼠毛づくろひして鼠鳴き　代
　雪しんしんと降りしきる井戸　江
神怒る三原の山の火を眺め　代
　売上税に立たぬ対策　哲
月痩せて鵙の早贄そのままに　人
　ホップ刈りたる結の挨拶　江

ナウ

したいことしての往生秋鰹　代
　いちど限りか臀のほくろよ　人
目覚めては昨夜の吐息耳朶に湧き　耕
　ごみの車のバックオーライ　江

天守閣聳えて市は花日和　雅

春の蜜柑をふかふかとむく　人

昭和六十二年一月四日

あとがきⅠ

長良川を越した美濃の地に、小さな石があります。そこに彫られた文字が祖父の俳句であることを、何とはなく、幼い頃より知っておりました。今度、時の力、人の心を得て、一誌「耕」により新しい道を歩むことになりましたのも、親より受けついだもののせいかも知れません。昭和六十一年七月の「耕」に続き、翌六十二年四月英文「Kō」を発刊するに至りました。James Kirkup（ジェイムズ・カーカップ）先生、佐藤和夫先生、David Burleigh（ディヴィッド・バーレイ）先生そして大勢の方々のお心寄せの賜物でございます。

この第二句集『尾張圖會』は、生きていることが俳句と捉えました『稜線』に続く、その後の軌跡でございます。題名は、歌仙「冬の日」「秋の日」の巻かれました江戸時代に溯り、只今執筆中の「美味・求心―まつりと菓子」の参考図書である『尾張名所圖會』によりました。尾張の地は、古くより土地の人ばかりでなく、各地より集まって来た人々と共に栄えた土地でございます。

終のすみかとなりますこの地のよりよい文化の耕でありたいと念じております。

この書をあらわすに当たりまして、栞に玉稿を賜りました塚本邦雄先生、佐藤和夫先生、児玉実用先生、東明雅先生、また御校閲下さいました先生方、句集出版のお世話になりました牧羊社川島壽美子社長に深謝申し上げます。

昭和六十二年三月

加藤耕子

あとがきⅡ

『尾張圖會』をはじめて上梓したのが、昭和六十二年（一九八七年）でしたから、平成二十二年（二〇一〇年）の今年は、それから二十四年後ということになります。

今ここに、二十四年を振り返ってみたいと思います。私の独立して主宰誌を出す理由の一つは、すでに海外で詠まれているＨＡＩＫＵを日本発の雑誌に編むことにありましたので、昭和六十一年、初めての日本発の全頁英文誌を年二回（春夏号・秋冬号）出す為の基盤となる日本語の俳誌「耕」を、有志の方々と月刊誌として創刊いたしました。創刊のことばを次に揚げたいと思います。

発刊のことば

俳句と文章の雑誌「耕」を発刊いたします。自然を作品の心とし、自己の胸を耕し、みがきあい、高らかにヒューマニズムの灯を掲げます。作品にこめられた志が「耕」の風土をより滋味あるものとするよう期して居ります。

一九八六年　六月

加藤耕子
有志一同

この言葉は、英文Kōへも Kō Spirit として掲げられて居ります。「耕」は、加藤耕子の主宰誌といたしましたが、海外への取り組みには、佐藤和夫早稲田大学教授（俳人協会国際部長）、英国詩人ジェームス・カーカップ氏（後の英国俳句協会初代会長）、フェリス大学のディヴィッド・バーレイ氏（現教授）に顧問をお願いいたしました。

私自身は、名古屋短期大学の講師として再び教壇に立つ一方、学生の頃からの希望であった芭蕉を学ぶ為に、中京大学大学院で、鈴木勝忠教授、長谷川端教授の御指導を仰ぐことにいたしました。結社活動と共に、常に一学徒として学ぶ人でありたいという思いでした。

結社活動は順調に機能し、その間、佐藤和夫先生、草間時彦先生のご指導で、いくつかの海外でのＨＡＩＫＵと俳句の交流会に参加いたしました。又、現代英米詩歌学会に児玉実英氏（児玉実用同志社大教授のご子息、後の同志社女子大学学長）にお誘いいただき、ここで英詩の研究に参加することが出来ました。

大学院は、八年後に中京大学から文学博士号をいただき、自分で研究する基礎を固めていただきました。
教師としては、名古屋短期大学での学生諸氏と俳句とＨＡＩＫＵの取り組みがよい成果を揚げ、英文ＨＡＩＫＵでは、正岡子規顕彰の会で、俳句では、学生俳句協会で大賞を受賞することが出来ました。

私共の会の活動が三年経った時に、現代俳句協会、俳人協会、日本伝統俳句協会の三協会の国際部が一つになって、国際俳句交流協会が発足しました。私もこの活動に参加し、イギリス・イタリア・ドイツ・ルーマニア・中国・台湾等々の国のＨＡＩＫＵ協会、或は漢俳との交流に参加いたしました。国際俳句交流協会（現在有馬朗人会長）は、平成二十一年に満二十周年を祝うことが出来ました。

私共の会も、ＨＡＩＫＵと俳句の会が今年で二十四回、日中友好牡丹俳句会が十九回と回を重ねることが出来、海外の俳句詩人と共に交流活動を継続いたして居ります。

私が、交友関係をひろげたもう一つの場に、連句と「女性俳句」がありました。連句では、東明雅先生・草間時彦先生・宇咲冬男先生にご指導いただきました。「女性俳句」では、私共が、岐阜の鵜飼吟行を企画いたしました所、桂信子先生・鈴木真砂女先生はじめ多数の先生方にお出でいただけました。今でも、その時の先生方のいきいきとしたお声とその響きが私の中に生きて居ります。

また、草間時彦先生のご指示で取り組みました愛知県に於ける教師の為の夏季俳句指導講座も、俳人協会愛知県支部長村上冬燕先生のご尽力を得て発足し、二十年間その実績を重ねて参りました。

近くは、宗左近先生が提唱されましたN・P・O法人詩歌句協会（豊長みのる会長）の中部大会も（本年で第四回）盛会となり、新しい短詩型のあり方へ取組めていることは、大へんうれしいことと思って居ります。

このように活動を続けることが出来たのは、会員一人一人の方々の熱意と向上心、何よりも戦後日本の目標であった文化立国の意志を、世界一短い詩型である俳句という言語様式により、日々の真剣に生きるという思いを結晶させて来られた賜物と思います。

平成二十年（二〇〇八年）十一月、私は、国際交流基金の文化派遣講師として、ウクライナ日本大使館、ＪＡＩＣＡ主催の講演会及び、キエフ大学、キエフの小学校で、芭蕉の俳句を講じました。その後、ヨルダンへ移り、アンマンの日本大使館とヨルダン大学の主催する俳句講座で、芭蕉・蕪村・一茶・現代俳句を講じる機会に恵まれました。このような体験から俳句は、すでに、日本の文学・文化であるばかりでなく、世界の文学の位置を占めていることを実感しました。日本の俳句は、すでにＨＡＩＫＵとして、世界の国々に受け入れられ、その国の言語で書かれ、定着しています。

言葉の持つ力、短いが故に相手の胸に届く言葉の姿に、結社・国といったものを越えるヒューマニティ・普遍性を思わずには居れません。あらゆる芸術は、人間性を開放しますが、その人間性について言えば、願わくば、ヒューマニティ・良識を標榜するものであるべき、あってほしいと思って居ります。

この度、東京四季出版・松尾正光氏のお力添えにより、二十四年前の自分の姿を見詰める機会を得ることが出来ました。かつて、細身綾子先生が、

ふだん着でふだんの心桃の花　綾子

と詠まれましたように、平常心を大切に、初心に戻り、自己を磨き、

少しでも、俳句のもつ文化・芸術の価値を高めるものとなりますよう努力したいと念じて居ります。

名古屋　加藤耕子

平成二十二年三月二十一日　彼岸の日に

略歴

加藤耕子《かとうこうこ》

平成二十二年（二〇一〇年）現在

昭和六年（一九三一年）
京都市左京区吉田に生まれる。

昭和五五年（一九八〇年）
加藤春彦（「帯」主宰「馬酔木」同人）に初学師事。その後「鯱」「笹」「馬酔木」に学ぶ。

昭和六一年（一九八六年）
俳句と文章誌「耕」・英文誌「Kō」創刊主宰。耕ポエトリーアソシエィション会長。

平成一四年（二〇〇二年）
草間時彦「雨滴会」に師事。

俳人協会評議員・国際俳句交流協会理事・現代英米詩歌学会理事・詩歌句協会副会長・俳文学会・日本ペンクラブ・文芸家協会・日中友好協会会員・文学博士・名古屋市高年大学講師。

句集『牡丹』他四冊。自註句集二冊。評釈『日』『欧州俳句紀行』。翻訳『A HIDDEN POND』（米国俳句協会翻訳賞）他二冊。英文句集・漢訳句集 他。

文部大臣表彰・愛知県文化奨励賞・桜花学園功労賞。

現住所
名古屋市瑞穂区石田町一—三六—七

俳句四季文庫

尾張圖會

2010年５月15日　第１刷発行
2011年３月３日　第２刷発行
著　者　加藤耕子
発行人　松尾正光
発行所　株式会社東京四季出版
〒160-0001 東京都新宿区片町 1-1-402
TEL 03-3358-5860
FAX 03-3358-5862
印刷所　あおい工房
定　価　1000円（本体952円＋税）

ISBN978−4−8129−0630−9